AF602695

Collection de M. G. R...

OBJETS DE VITRINE

ANCIENNES PORCELAINES

de Sèvres, de Saxe et de Chine

CONDITIONS DE LA VENTE

Elle sera faite au comptant.

Les acquéreurs paieront *dix pour cent* en sus des enchères.

L'exposition mettant le public à même de se rendre compte de la nature et de l'état des objets, aucune réclamation ne sera admise une fois l'adjudication prononcée.

Paris. — Imp. Georges Petit, 12, rue Godot-de-Mauroy. — [illegible]

CATALOGUE

DES

ET

ANCIENNES PORCELAINES

de Sèvres, pâte tendre, de Chine et de Saxe

PROVENANT DE LA

ET DONT LA VENTE AURA LIEU A PARIS

Les Lundi 29, Mardi 30 et Mercredi 31 Mai 1905

à 2 heures

COMMISSAIRE-PRISEUR	EXPERTS
10, rue Grange-Batelière, 10	[illegible], rue Saint-Georges, [illegible]

EXPOSITIONS

PARTICULIÈRE : *Le Samedi 27 Mai 1905, de 1 heure 1/2 à 5 heures 1/2*

PUBLIQUE : *Le Dimanche 28 Mai 1905, de 1 heure 1/2 à 5 heures 1/2*

ORDRE DES VACATIONS

Le Lundi 29 Mai 1905

Objets de vitrine. . . . . Nos 1 à 48
Objets divers. . . . . 49 à 54
Porcelaines de Sèvres (Partie des) . . . . 55 à 85

Le Mardi 30 Mai 1905

Porcelaines de Sèvres (Fin des) . . . . 86 à 114
Porcelaines de Saxe . . . . 115 à 191

Le Mercredi 31 Mai 1905

Porcelaines et Faïences variées . . . . 192 à 234
Porcelaines de Chine. . . . . 235 à 306

Désignation des Objets

OBJETS DE VITRINE

1 — Petit flacon de forme contournée, en ancienne porcelaine de Copenhague : paysages animés et rocailles.

2 — Étui en ancienne porcelaine tendre de Chelsea, en forme de chou-fleur sur sa tige.

3 — Bequille de canne en ancienne porcelaine tendre de Chantilly : personnage et fleurs.

4 — Drageoir en ancienne porcelaine de Buen-Retiro, en forme de gros coquillage. Revers du couvercle décoré d'une femme endormie, avec navire au second plan. Monture en or, à charnière.

5 — Boite rectangulaire en ancienne porcelaine de Nymphenbourg : sujets galants dans des paysages.

6 — Boite rectangulaire en porcelaine de Berlin, décorée extérieurement et intérieurement de personnages ; encadrements gaufrés.

7 — Béquille de canne en ancienne porcelaine de Saxe, ornée d'une tête de femme : décor en camaïeu rose, à sujets d'amours.

8 — Béquille de canne en ancienne porcelaine de Saxe : sujet galant, d'un côté : jeune femme et enfant, de l'autre.

9 — Boite rectangulaire en ancienne porcelaine de Saxe, ornée, sur toutes les faces et au revers du couvercle, de scènes galantes. Monture en or gravé.

10 — Boite rectangulaire en ancienne porcelaine de Saxe, ornée, sur toutes les faces et au revers du couvercle, de bergeries et de sujets galants.

11 — Boite ovale en ancienne porcelaine de Saxe, à sujets chinois dans des encadrements de rinceaux. Marque K.P.M.

12 — Petit étui en ancienne porcelaine de Saxe, à personnages en camaïeu vert.

13 — Boite en ancienne porcelaine de Saxe, décorée de fleurs ; revers du couvercle orné d'un panier de fleurs avec oiseaux.

14 — Étui, ovale de plan, en ancienne porcelaine de Saxe, à décor de fleurs.

15 — Étui en ancienne porcelaine de Saxe, décoré de sujets galants dans des paysages.

16 — Boite rectangulaire en ancienne porcelaine de Saxe, à décor de personnages dans des paysages, sur toutes ses faces et au revers du couvercle.

17 — Boite rectangulaire en ancienne porcelaine de Saxe, décorée de fleurs et fruits, avec bordures bleues à imbrications ; scène galante au revers du couvercle.

18 — Boîte rectangulaire en ancienne porcelaine de Saxe, décorée sur toutes les faces et au revers du couvercle, de groupes de personnages dans des paysages en couleurs, avec rehauts de dorure. Monture à charnière en or.

19 — Petit flacon forme balustre aplati, en ancienne porcelaine de Saxe : rosaces, sujets chinois et mascarons.

20 — Petit flacon de forme contournée, en ancienne porcelaine de Saxe, décor de fleurs.

21 — Petit flacon de forme contournée : sujet champêtre et imbrications roses. Ancienne porcelaine de Saxe. Monture en or.

22 — Drageoir en ancienne porcelaine de Saxe, décoré de sujets chinois sur toutes les faces. Monture à charnière en or.

23 — Tabatière à deux tabacs, forme tonnelet, en ancienne porcelaine de Saxe, à sujets genre Teniers.

24 — Boîte rectangulaire en ancienne porcelaine de Saxe : fleurs sur fond rose simulant la vannerie. Au revers du couvercle : Hercule et Omphale.

25 — Couvert de voyage, composé d'une cuiller en ancienne porcelaine de Saxe, d'un couteau et d'une fourchette à poignées de même porcelaine ; décor de fleurs. Dans un étui en cuir fauve doré.

26 — Montre en ancienne porcelaine de Saxe : sujet galant en camaïeu vert, rehaussé de rose. Mouvement signé : *Stapff à Dresde*. Monture en or.

Exposition rétrospective de 19[illegible]

27 — Montre à double boîtier et à répétition, en or gravé et ajouré. Signée : *Parkes, London*. Boîtier extérieur en or

ajouré, à rocailles, présentant sur la cuvette un kiosque en pierres de couleur sur fond d'agate rubanée. Milieu du XVIIIe siècle.

Exposition rétrospective de 1900.

28 — Montre en or à double boitier. Boitier extérieur repoussé, à sujet mythologique et rocailles. Milieu du XVIIIe siècle. Mouvement signé : ***Sam Atkins, London.***

Exposition rétrospective de 1900.

29 — Montre en or émaillé en plein, à décor de fleurs sur fond gravé. Mouvement signé : ***Lecrinier à Joinville.*** Époque Louis XV.

Exposition retrospective de 1900.

30 — Montre à répétition en or émaillé en plein, à sujet galant. Mouvement signé : ***François Béliard à Paris.*** Époque Louis XV.

Exposition rétrospective de 1900.

31 — Étui-nécessaire en or repoussé à figures, fleurs et rocailles. Époque Louis XV.

Exposition rétrospective de 1900.

32 — Étui-nécessaire en or repoussé, à personnages au milieu de motifs d'architecture. Poussoir formé d'un brillant. Époque Louis XV.

Exposition rétrospective de 1900.

33 — Étui à cire, en or de couleur ciselé, à décor de cannelures, alternant avec des cordons de petites feuilles. Poinçons d'*Alaterre*, adjudicataire des droits de marque. Époque Louis XV.

34 — Boite ovale décorée de rayures parallèles en burgau et or alternées, galonnée d'or, avec rocailles à la partie antérieure. Le couvercle présente une peinture sur émail : portrait

d'homme en buste, vêtu d'un habit rouge. Poinçons de *Prévost*, adjudicataire des droits de marque. Année 1767-68. Époque Louis XV.

Exposition rétrospective de 1900.

35 — Boite ovale en or émaillé gros-bleu, offrant des sujets allégoriques au divertissement des amours, gravés sous émail. Bordure en or ciselé, présentant au pourtour des guirlandes de laurier. Sur et sous le couvercle, des feuilles d'acanthe et des rosaces. Sur les montants, des cartouches à mascarons et des chutes de feuillages. Le couvercle est enrichi d'un émail peint : la Déclaration du batelier à la paysanne, d'après Boucher. Sur la gorge, la marque : *George à Paris*. Poinçons de *Prévost*, adjudicataire des droits de marque. Année 1764-65. Époque Louis XV.

Vente Sapia de Lencia, 1885.

Exposition rétrospective de 1900.

36 — Grande boite ovale en mosaïque de *Neubert*, de Dresde, exécutée en jaspes de diverses nuances et cornalines serties en or et formant des rosaces. Elle est doublée en or, et le dessus du couvercle présente en camaïeu brun le buste de Socrate. XVIIIe siècle.

Vente D. de G..., 1896.

Exposition rétrospective de 1900.

37 — Boite ronde, forme dite ballon, en or émaillé à dessin de motifs irréguliers et feuillages sur fond gris-perle. Bordures ornées de petites feuilles et quadrilobes émaillés bleu et vert, et de points d'émail saillants, imitant des demi-perles. Poinçons de *Clavel*, régisseur des droits de marque. Année 1781-82. Époque Louis XVI.

Exposition rétrospective de 1900.

38 — Boite ronde en bois garni d'acier, ornée, dans un double-fond du couvercle, d'une miniature du temps de Louis XVI.

portrait de jeune femme en buste, les cheveux poudrés retenus par un ruban violet, vêtue d'un corsage blanc décolleté.

39 — Boite ovale en or de couleur ciselé et émaillé rose et gris-perle : montants ornés de petits bustes sur fond amati. Le couvercle est décoré d'une peinture sur émail : allégorie de la Gloire. Époque Louis XVI.

Vente Heckscher.

Exposition rétrospective de 1900.

40 — Étui à cire ovale de plan, en or de couleur ciselé à pois et cordons d'entrelacs. Poinçons de *Clavel*, régisseur des droits de marque. Année 1780-81. Époque Louis XVI.

41 — Étui porte-tablettes décoré en rose au vernis, et galonné d'or ajouré. Il présente une miniature ovale : portrait de femme en buste, vêtue d'une chemisette, un ruban bleu dans les cheveux. Au-dessus, les initiales *F. S.* Époque Louis XVI.

Vente Mauger, 18 mai 1886 (n° 156).

Exposition rétrospective de 1900.

42 — Boite ronde en or ciselé et émaillé, à décor dit queue de paon, avec bordures de petites feuilles et de perles, simulées en émail. Poinçons de *Clavel*, régisseur des droits de marque. Époque Louis XVI.

Exposition rétrospective de 1900.

43 — Boite ronde en écaille blonde, posée d'or de deux tons à bandes courbes. Le dessus présente une miniature ovale : portrait de jeune femme portant un ample vêtement à capuchon. Encadrement en or de couleur ciselé, surmonté des attributs de l'Amour. La miniature masque un double-fond. Époque Louis XVI.

Vente Maze-Censier, 1886.

Exposition retrospective de 1900.

44 — BOITE ronde en écaille brune galonnée d'or, décorée sur le couvercle d'une miniature : corbeille de fleurs, par *Van Dael*, signée : *V. D.*

45 — BOITE rectangulaire montée à cage en argent gravé et doré, et formée de panneaux en ancien émail de Saxe, à sujets chinois sur toutes les faces.

46 — BOITE rectangulaire à pans coupés, en or émaillé en plein fond gros-bleu à décor doré ; sur le couvercle, scène en grisaille de style antique. Fin du XVIIIe siècle.

Exposition rétrospective de 1900.

47 — MINIATURE ronde : portrait présumé de Mme de Blacas, en corsage décolleté, un ruban bleu dans les cheveux.

48 — MINIATURE ronde, présentant un enfant à chevelure blonde, de trois quarts, vêtu d'une veste bleue à collerette. Attribuée à Fragonard. Cadre en bronze doré.

Vente d'Irry, 1884.

OBJETS DIVERS

49 — HORLOGE DE TABLE de forme ronde, en cuivre gravé et doré, ornée de médaillons à figures allégoriques. Allemagne, fin du XVIe siècle.

50 — GROUPE de deux figures en ivoire : Vénus nue, debout, ayant à ses pieds un amour. La déesse retient de son bras gauche une draperie qui lui retombe derrière les jambes. Fin du XVIe siècle.

Vente Becherel, 1885.

51 — BAS-RELIEF sans fond en ivoire : tête de Mars, de profil à gauche, dont le casque, décoré d'une figure de Renommée.

sonnant de la trompe, et d'un lion couché, est surmonté d'un Jupiter nu, assis sur un aigle et tenant les foudres de la main droite. Signé : *Volaperta*. Cadre en écaille rouge, à moulures guillochées en ébène.

Haut., 15 cent.

Vente La Faulotte, 1886.

52 — Brule-parfums tripode, à couvercle ajouré, en jade gris de la Chine, décor de motifs irréguliers : anses ajourées. Socle en bois.

53 — Porte-fleurs en jade vert de la Chine, simulant des plantes aquatiques. Socle en bois.

54 — Vase-balustre aplati, en jade vert de la Chine, décoré de rinceaux fleuris en relief : anses avec anneaux mobiles pris dans la masse. Socle en bois.

Haut., 26 cent.

PORCELAINES DE SÈVRES

ET DE VINCENNES

55 — Tasse droite et sa soucoupe en ancienne porcelaine tendre de Vincennes : fond bleu marbré dit de Vincennes : amours en camaïeu bleu. Année 1754.

56 — Tasse et présentoir forme bateau, en ancienne porcelaine tendre de Vincennes, ornée, sur fond bleu marbré dit de Vincennes, de réserves en camaïeu bleu à paysages et oiseaux. Année 1754.

57 — Moutardier avec couvercle en ancienne porcelaine tendre de Sèvres, à décor de fleurs et fruits dans des réserves sur fond bleu-turquoise. Décor par *Thévenet père*. Année 1755.

58 — Pot a lait en ancienne porcelaine tendre de Sèvres, décoré

de réserves contenant des oiseaux sur des arbustes, se détachant sur fond vert. Année 1756.

Vente Fournier père.

59 — SUCRIER avec couvercle en ancienne porcelaine tendre de Sèvres, orné, sur fond bleu marbré dit de Vincennes, de réserves contenant des enfants et des attributs. Décor par *Buteux père*. Année 1757.

60 — ÉCUELLE avec plateau et couvercle en ancienne porcelaine tendre de Sèvres, à décor de fleurs et de rubans bleus à rinceaux d'or. Année 1757. Décor par *Tandart*.

61 — POT A LAIT avec couvercle en ancienne porcelaine tendre de Sèvres, orné, sur fond bleu marbré dit de Vincennes, de réserves contenant des arbres et des oiseaux. Décor par *Yvernel*. Année 1758.

62 — SUCRIER avec couvercle et présentoir, tasse droite avec sa soucoupe, en ancienne porcelaine tendre de Sèvres, à décor de réserves contenant des fleurs se détachant sur fond vert et rose du Barry. Décor par *Mérault aîné*. Année 1758.

63 — SUCRIER avec couvercle en ancienne porcelaine tendre de Sèvres; oiseaux sur des arbustes en couleurs, encadrés de guirlandes de fleurs en camaïeu bleu. Année 1758. Décor par *Michel*.

64 — SOUPIÈRE avec couvercle et plateau en ancienne porcelaine tendre de Sèvres, à anses formées de gros rinceaux et d'algues ajourées, et reposant sur quatre pieds à branches de chêne gaufrées en relief. Bouton de couvercle composé de légumes. Plateau long, à bords contournés et ajourés simulant des coquilles et des rinceaux, et orné de bouquets de fleurs, rubans et hachures. Décor par *Chulot* et *Rosset*. Années 1758 et 1760.

Collection Watelin.

65 — Tasse droite et sa soucoupe en ancienne porcelaine tendre de Sèvres, ornées d'un monogramme exécuté en fleurs sur fond bleu de roi. Décor par *Noël* et *Tandart*. Année 1759.

66 — Grande tasse droite avec couvercle et présentoir en ancienne porcelaine tendre de Sèvres, ornée de baguettes enguirlandées de fleurs en camaïeu bleu. Décor par *Catrice*, année 1760.

67 — Sucrier avec couvercle en ancienne porcelaine tendre de Sèvres, orné d'armoiries et d'attributs en camaïeu rose. Décor par *Micaud*. Année 1761.

68 — Écuelle avec couvercle et plateau en ancienne porcelaine tendre de Sèvres, ornée de médaillons contenant des oiseaux et des arbres et se détachant sur fond marbré rose du Barry, bleu et violet. Année 1761.

69 — Tasse-trembleuse et son présentoir en ancienne porcelaine tendre de Sèvres, ornés de guirlandes de fleurs. Bordures de rocailles et feuillages en rose du Barry rehaussé de bleu. Année 1761. Décor par *Noël*.

70 — Petite tasse droite et sa soucoupe en ancienne porcelaine tendre de Sèvres : berger et bergère dans des paysages se détachant sur fond bleu. Année 1763.

71 — Écuelle avec couvercle et plateau en ancienne porcelaine tendre de Sèvres à sujets d'amours et d'oiseaux en camaïeu rose. Décor par *Rocher*. Année 1763.

72 — Tasse et sa soucoupe en ancienne porcelaine tendre de Sèvres à décor rayonnant de bandes bleues alternant avec des branches de laurier. Année 1763.

73 — Tasse droite et sa soucoupe en ancienne porcelaine tendre de Sèvres, médaillons à paysages animés, fond vermiculé or à pois bleus. Année 1763.

74 — Pot à lait en ancienne porcelaine tendre de Sèvres, orné de fleurs. Année 1764. Décor par *Tardi*.

75 — Tasse droite et sa soucoupe en ancienne porcelaine tendre de Sèvres, ornées sur fond bleu carrelé or, de réserves contenant des compositions à sujets militaires. Décor par *Morin*. Année 1765.

76 — Pot à lait en ancienne porcelaine tendre de Sèvres, à décor dit feuille de chou, rehaussé de fleurs, par *Genest*. Année 1766.

77 — Tasse-trembleuse et son présentoir en ancienne porcelaine tendre de Sèvres : décor de marines sur fond vert, par *Morin*. Année 1767.

78 — Tasse et sa soucoupe en ancienne porcelaine tendre de Sèvres : fleurs dans des réserves sur fond vert. Année 1767. Décor par *Bertrand*.

79 — Tasse droite et sa soucoupe en ancienne porcelaine tendre de Sèvres à décor de couronnes de fleurs entre deux frises de postes à fond bleu, par *Micaud*. Année 1768.

80 — Tasse droite et sa soucoupe en ancienne porcelaine tendre de Sèvres, ornées de médaillons bleus semés avec bordure rose à œils-de-perdrix. Année 1769. Décor par *Cornaille* et *Thévenet père*.

81 — Petite tasse droite et sa soucoupe en ancienne porcelaine tendre de Sèvres : roses jetées entre deux zones de quadrillés. Décor par *Buteux père*. Année 1770.

82 — Tasse droite et sa soucoupe en ancienne porcelaine tendre de Sèvres, ornées sur fond rose à œils-de-perdrix, de réserves contenant des enfants jouant. Année 1771.

83 — Sucrier en ancienne porcelaine tendre de Sèvres ; guirlandes de fleurs polychromes, réserves à œils-de-perdrix bleu-turquoise. Année 1771. Décor par *Le Bel jeune*.

84 — Assiette en ancienne porcelaine tendre de Sèvres : branches de fleurs ; marli marron et or à dessin vermiculé. Année 1772.

85 — Pot a lait en ancienne porcelaine tendre de Sèvres, décoré sur fond bleu caillouté or, d'un médaillon contenant un amour en camaïeu rose. Année 1772.

86 — Petite tasse droite et sa soucoupe en ancienne porcelaine tendre de Sèvres : médaillons contenant des oiseaux et se détachant sur fond bleu imbriqué or. Année 1777. Décor par *Noël* et *Chapuis aîné*.

87 — Petit vase en ancienne porcelaine dure de Sèvres, décoré de deux médaillons, contenant : l'un, un portrait de jeune femme jouant de la guitare ; l'autre, une corbeille de fleurs. Année 1777. Décor par *Petit*. Dorure par *Vincent*.

88 — Écuelle avec plateau et couvercle en ancienne porcelaine dure de Sèvres : médaillons à sujets de marines. Dorure par *Vincent*. Décor par *Rosset*. Année 1777.

89 — Tasse droite et sa soucoupe en ancienne porcelaine tendre de Sèvres, à décor de roses disposées entre deux bandes bleues chargées de roses, par *Micaud*. Année 1778.

90 — Pot a lait en ancienne porcelaine tendre de Sèvres ; décor de fleurs en couleurs et de rinceaux émaillés bleu-turquoise. Décor par *Cornaille*. Année 1779.

91 — Bourdaloue en ancienne porcelaine tendre de Sèvres, à décor de deux réserves contenant des fleurs sur fond bleu marbré. Année 1780.

92 — Tasse droite et sa soucoupe en ancienne porcelaine tendre de Sèvres, ornées d'amours et attributs en dorure sur fond bleu de roi. Bordures étroites à fleurs. Année 1781. Décor par *Genest*.

93 — Plateau en ancienne porcelaine tendre de Sèvres : semis de fleurettes; anses-branchages. Décor par *Taillandier*. Année 1781.

94 — Tasse-trembleuse avec couvercle et présentoir en ancienne porcelaine tendre de Sèvres, ornée de médaillons à sujets mythologiques et attributs sur fond bleu de roi. Décor par *Gérard* et *Leguay*. Année 1783.

95 — Assiette en ancienne porcelaine tendre de Sèvres : au centre, roses dans un médaillon à fond lilas. Marli bleu-turquoise à réserves de fleurs. Décor par *Barrat*. Année 1784.

96 — Tasse droite et sa soucoupe en ancienne porcelaine tendre de Sèvres : fond bleu de roi, médaillons à paysages et à figures de bacchantes. Année 1784. Décor par *Dodin* et *Chauvaux père*.

97 — Tasse droite et sa soucoupe en ancienne porcelaine tendre de Sèvres, à sujets allégoriques sur fond bleu de roi. Au revers, des légendes. Décor par *Dodin*. Dorure par *Le Guay*. Année 1786.

98 — Tasse droite et sa soucoupe en ancienne tendre de Sèvres, ornées, sur fond bleu-turquoise, du Char de l'Amour et de deux femmes dans un jardin. Légendes au revers. Décor par *Dodin* et *Le Guay*. Année 1791.

99 — Écuelle avec couvercle et plateau en ancienne porcelaine tendre de Sèvres, ornée, sur fond bleu de roi, de médaillons à figures mythologiques. Année 1793. Décor par *Dodin* et *Le Guay*.

100 — Tasse droite et sa soucoupe en ancienne porcelaine tendre de Sèvres, fond bleu-turquoise chargé de rinceaux dorés, médaillons à sujets galants et présentant des attributs champêtres. Décor par *Gérard* et *Barre*.

101 — Petite tasse avec couvercle et présentoir en ancienne porcelaine tendre de Sèvres, à décor de filets bleus et bandes roses et chinées alternées.

102 — Sucrier en ancienne porcelaine tendre de Sèvres, décoré de guirlandes de fleurs polychromes et de nœuds de rubans roses, bleus et violets.

103 — Pot a lait en ancienne porcelaine tendre de Sèvres, orné sur fond bleu de roi d'un médaillon contenant des fleurs et des raisins.

104 — Pot a lait en ancienne porcelaine tendre de Sèvres, à décor de bandes gros-bleu ondulées sur fond vert.

105 — Pot de toilette cylindrique avec couvercle en ancienne porcelaine tendre de Sèvres, orné de fleurs dans un quadrillé bleu. Décor par *Chapuis*.

106 — Théière avec couvercle et pot à lait en ancienne porcelaine tendre de Sèvres, à décor de coquilles, quadrillés et rinceaux. Dorure par *Fontelliau*.

107 — Écuelle avec couvercle et plateau en ancienne porcelaine tendre de Sèvres, décorée, sur fond vert à œils-de-perdrix, de médaillons en grisaille à sujets d'amours et attributs.

108 — Deux groupes en ancien biscuit tendre de Sèvres, à sujets galants : pastorale et les mangeurs de raisin. Par *Fernex*, d'après *Boucher*. Bases en argent doré de la maison *Aucoc*.

109 — Petite tasse droite et sa soucoupe en ancienne porce-

laine tendre de Sèvres : attributs de jardinage ; fond vert à œils-de-perdrix. Décor par *Viellard*.

110 — Petite tasse droite et sa soucoupe en ancienne porcelaine tendre de Sèvres : rosaces et carrelages à œils-de-perdrix.

111 — Tasse droite et soucoupe en ancienne porcelaine dure de Sèvres, ornées de rinceaux dorés, avec médaillon en grisaille : buste de Louis XVI. Décor par *Prévost* et *Petit*.

112 — Tasse droite et soucoupe en ancienne porcelaine dure de Sèvres, ornées de médaillons et fleurs en dorure, avec buste de femme en couleurs sur la tasse.

113 — Assiette en ancienne porcelaine tendre de Vincennes : oiseaux sur un arbre ; guirlandes, au marli, en camaïeu bleu et or. Décor par *Ledoux*.

114 — Pot à lait en ancienne porcelaine tendre de Sèvres, décoré d'une réserve contenant des fleurs se détachant sur fond vert.

PORCELAINES DE SAXE

115 — Flacon en ancienne porcelaine de Saxe, décoré de paysages avec cavaliers.

116 — Deux grandes tasses et leurs soucoupes en ancienne porcelaine de Saxe, fond jaune avec papillons et fleurs polychromes.

117 — Dessus de brosse en ancienne porcelaine de Saxe, ajouré et décoré de fleurs polychromes.

118 — Grande écuelle et son plateau en ancienne porcelaine de Saxe, décor de fleurs et branchages en relief.

119 — SUCRIER rond avec couvercle en ancienne porcelaine de Saxe : baguettes enguirlandées de fleurs.

120 — DEUX PETITS VASES en ancienne porcelaine de Saxe, à décor de fleurs et rocailles en relief.

121 — DROMADAIRE à caparaçon jaune surmonté de panaches. Ancienne porcelaine de Saxe.

122 — SUCRIER rond avec couvercle en ancienne porcelaine de Saxe, réserves de fleurs sur fond jaune-clair.

123 — THÉIÈRE avec couvercle et bol en ancienne porcelaine de Saxe, à décor de personnages sur fond de verdure encadré de rocailles.

124 — PLATEAU, forme feuille, en ancienne porcelaine de Saxe, décor de gerbes avec parties carrelées.

125 — DEUX COUPES, forme feuille, en ancienne porcelaine de Saxe, décor de fleurs.

126 — BEURRIER avec couvercle en ancienne porcelaine de Saxe, décor à la haie fleurie, avec tigre, de style japonais.

127 — DEUX TASSES avec soucoupes en ancienne porcelaine de Saxe, à décor de scènes galantes sous des bosquets.

128 — DEUX TASSES avec soucoupes en ancienne porcelaine de Saxe : paysages en camaïeu rose encadrés de draperies et de fleurs.

129 — ÉCUELLE avec couvercle et plateau en ancienne porcelaine de Saxe, à décor d'oiseaux et de fleurs.

130 — PETIT BROC décoré de fleurs en ancienne porcelaine de Saxe.

131 — Théière avec couvercle, décorée de fleurs, déversoir à mascaron chimérique. Ancienne porcelaine de Saxe.

132 — Trois tasses avec soucoupes en ancienne porcelaine de Saxe, à décor de scènes galantes; bordure gaufrée à vannerie.

133 — Tasse avec couvercle et présentoir à galerie en ancienne porcelaine de Saxe, décor de personnages et de fleurs.

134 — Écuelle avec couvercle et plateau en ancienne porcelaine de Saxe, à décor de réserves trilobées contenant des jeux d'enfants et se détachant sur un fond gaufré à quadrillés.

135 — Deux tasses avec présentoirs à galerie en ancienne porcelaine de Saxe; sur la tasse, trois personnages faisant de la musique; sur le présentoir, des fleurs.

136 — Écuelle avec couvercle et plateau en ancienne porcelaine de Saxe, décorée de fruits et fleurs. Bordures à imbrications roses. Bouton de couvercle formé d'une fraise.

137 — Trois tasses avec soucoupes en ancienne porcelaine de Saxe; jeune femme au milieu de rocailles.

138 — Hanap en ancienne porcelaine de Saxe, décoré de trois vues de ports de mer en camaïeu orangé dans des réserves reliées par des rinceaux et des personnages. Couvercle en argent doré.

139 — Deux tasses avec soucoupes en ancienne porcelaine de Saxe, à décor de jeux d'enfants nus; fond de la soucoupe et intérieur de la tasse dorés.

140 — Petite écuelle avec couvercle et plateau en ancienne porcelaine de Saxe, à décor de réserves contenant des fleurs

et encadrées de rocailles en camaïeu rose sur fond semé de bleuets en léger relief.

141 — Écuelle avec couvercle et plateau en ancienne porcelaine de Saxe, décorée de réserves à fond doré présentant des scènes galantes et encadrées de rocailles.

142 — Petite fontaine de forme ovoïde, avec couvercle et sur trois pieds à rocailles, décorée de fleurs sur fonds blanc et jaune alternés. Ancienne porcelaine de Saxe.

143 — Écuelle avec couvercle et plateau à marli ajouré en ancienne porcelaine de Saxe, décor d'oiseaux dans des réserves se détachant sur fond imbriqué rose.

144 — Deux pots de toilette carrés, avec couvercles en ancienne porcelaine de Saxe : décor de fleurs, fond gaufré à rocailles et quadrillés.

145 — Soupière ovale avec couvercle et plateau en ancienne porcelaine de Saxe, à décor de guirlandes de fleurs. Anses à têtes de femmes.

146 — Flacon a thé avec bouchon en ancienne porcelaine de Saxe, a décor de paysages en camaïeu rose encadrés de rocailles en bleu.

147 — Pot a lait et flacon a thé avec couvercles, à décor de personnages orientaux et de fleurs. Ancienne porcelaine de Saxe.

148 — Tasse et soucoupe en ancienne porcelaine de Saxe, à décor de paysages au bord de la mer, animés de personnages. Marque au caducée.

149 — Flacon a thé avec bouchon, décor de guirlandes de fleurs. Ancienne porcelaine de Saxe.

150 — TASSE quadrilobée avec soucoupe en ancienne porcelaine de Saxe, décor de fleurettes gaufrées sur fond à vannerie sur la tasse : marine sur la soucoupe.

151 — DEUX BURETTES avec couvercles en ancienne porcelaine de Saxe, à décor de gerbes de fleurs. Déversoir orné d'un mascaron.

152 — DEUX TASSES avec soucoupes en ancienne porcelaine de Saxe, à décor de groupes composés de deux personnages dans des paysages.

153 — DEUX TASSES avec soucoupes en ancienne porcelaine de Saxe, décorées de sujets galants dans des paysages.

154 — SUCRIER rond avec couvercle en ancienne porcelaine de Saxe, décor de scènes de chasse et de cavaliers.

155 — SUCRIER rond avec couvercle en ancienne porcelaine de Saxe, décor de scènes galantes dans des paysages.

156 — SUCRIER rond avec couvercle en ancienne porcelaine de Saxe, décor de fleurs sur fond doré.

157 — DEUX TASSES avec soucoupes en ancienne porcelaine de Saxe, décorées de personnages au milieu de fleurs. Bordures à imbrications roses.

158 — DEUX TASSES variées avec soucoupes en ancienne porcelaine de Saxe : fleurs sur fond gris verdâtre, paysages animés en camaïeu rose.

159 — GROUPE en ancienne porcelaine de Saxe : lionne attaquée par trois chiens.

160 — ÉCUELLE avec couvercle et plateau en ancienne porcelaine de Saxe, à décor de personnages dans des paysages. Sur un obélisque, la date 1742 et le monogramme *A. R.*

161 — DEUX FIGURINES en ancienne porcelaine de Saxe : Atlas portant le globe terrestre et Atlas portant le globe céleste.

162 — DEUX STATUETTES en ancienne porcelaine de Saxe : jeune femme et personnage assis auprès d'une aiguière, dont ils soulèvent le couvercle, et qui est décorée d'oiseaux et de fleurs.

Haut., 18 cent.

163 — DEUX PORTE-FLEURS en ancienne porcelaine de Saxe, formés, l'un d'une statuette de femme, l'autre d'une statuette d'adolescent assis et portant sur les genoux une corbeille.

Haut., 20 cent.

164 — DEUX FIGURINES en ancienne porcelaine de Saxe : la Marchande de colifichets et le Colporteur. Marque *K. H. C.*

165 — DEUX STATUETTES en ancienne porcelaine de Saxe : mineurs debout, l'un tenant un bâton, l'autre jouant du luth.

166 — GROUPE en ancienne porcelaine de Saxe, formé de deux amours personnifiant la Peinture et la Sculpture.

Haut., 14 cent.

167 — GROUPE en ancienne porcelaine de Saxe, de deux personnages de style chinois : vieillard et enfant en vêtements à fleurs.

Haut., 16 cent.

168 — PETIT GROUPE en ancienne porcelaine de Saxe : fillette et jeune garçon, nus, étendus sur un tertre, tenant des fleurs.

169 — GROUPE en ancienne porcelaine de Saxe, composé de trois amours auprès d'un fût de colonne orné d'un médaillon, et personnifiant la Gloire militaire.

Haut., 22 cent.

170 — FIGURINE en ancienne porcelaine de Saxe : singe jouant de la cornemuse.

171 — FIGURINE équestre de personnage en costume militaire armé d'un sabre et d'un fusil. Ancienne porcelaine de Saxe.

172 — FIGURINE en ancienne porcelaine de Saxe, de jeune chasseur en habit jaune accompagné d'un chien.

173 — STATUETTE en ancienne porcelaine de Saxe : personnage vêtu à l'antique et accompagné d'un lion ailé.

Haut., [illegible] cent.

174 — DEUX FIGURINES en ancienne porcelaine de Saxe : jeune femme et adolescent debout portant une corbeille avec couvercle.

175 — GROUPE en ancienne porcelaine de Saxe, composé de quatre amours tenant des grappes de raisin et disposés autour d'une chèvre couchée.

Haut., [illegible] cent.

176 — VASE simulé en ancienne porcelaine de Saxe, décoré de rocailles et grappes de raisin avec sujets galants. Base ornée d'une figurine de petit bacchant.

Haut., [illegible] cent.

177 — GROUPE en ancienne porcelaine de Saxe : la Mère de famille assise sur une chaise, tenant une fillette sur les genoux et accompagnée d'une autre fillette portant un hochet.

Haut., [illegible] cent.

178 — GROUPE, en ancienne porcelaine de Saxe, de trois enfants nus, l'un d'eux couronné de pampres, monté à califourchon sur un de ses compagnons.

Haut., [illegible] cent.

179 — GROUPE en deux parties en ancienne porcelaine de Saxe, composé de trois figures : berger enguirlandant de fleurs une jeune femme et épié par un personnage dissimulé derrière une ruine.

Haut., 25 cent.

180 — Flacon en forme de balustre aplati et avec bouchon, en ancienne porcelaine de Saxe : personnage de style oriental et rinceaux dorés.

181 — Tasse avec couvercle et présentoir à galerie en ancienne porcelaine de Saxe, à décor de réserves contenant des personnages sur fond imbriqué rouge.

182 — Bourdaloue en ancienne porcelaine de Saxe, présentant trois paysages animés.

183 — Cafetière avec couvercle en ancienne porcelaine de Saxe, à décor de sujets de chasse.

184 — Deux bougeoirs en ancienne porcelaine de Saxe simulant chacun un arbuste en fleurs avec oiseau et chien.

185 — Grosse théière avec couvercle et réchaud en ancienne porcelaine de Saxe, à décor de fleurs.

186 — Écuelle avec couvercle et plateau en ancienne porcelaine de Saxe, décorée sur fond bleu-turquoise de réserves à personnages en camaïeu carmin.

187 — Bouteille décorée de fleurs de style japonais. Ancienne porcelaine de Saxe; marque des ventes du musée de Dresde.

188 — Écuelle avec couvercle et plateau en ancienne porcelaine de Saxe, à décor de personnages dans la manière de Téniers sur fond gris verdâtre.

189 — Deux vases en ancienne porcelaine de Saxe-Marcolini, à décor de compartiments contenant des oiseaux et encadrés de rocailles.

Haut., 12 cent.

190 — Deux salières rondes sur piètement à trois volutes, en ancienne porcelaine de Saxe-Marcolini : fleurs et oiseaux.

191 — Tasse droite et sa soucoupe en ancienne porcelaine de Saxe-Marcolini, à décor d'oiseaux. Bordure bleue à imbrications.

PORCELAINES

ET FAIENCES VARIÉES

192 — Groupe en ancienne porcelaine tendre blanche française, présentant une nymphe et un bacchant en train de boire. Derrière eux, un arbre sur lequel sont posés deux amours.

193 — Flacon à thé avec couvercle en ancienne porcelaine tendre française, décor de fleurs ; cheval marin sur le couvercle.

194 — Vase en ancienne porcelaine tendre blanche de Saint-Cloud, à décor de guirlandes de fleurs en relief.

195 — Sucrier avec couvercle en ancienne porcelaine tendre de Mennecy, décor de fleurs en partie gaufrées et de baguettes enrubanées.

196 — Vase sur base carrée, en ancienne porcelaine tendre de Mennecy, décor de fleurs et de rocailles.

197 — Sucrier avec couvercle et plateau en ancienne porcelaine tendre de Mennecy ; décor de fleurs.

198 — Petit pot de toilette avec couvercle en ancienne porcelaine tendre de Mennecy, à décor de fleurs.

199 — Autre analogue, mais plus petit.

200 — Deux assiettes en ancienne porcelaine tendre de Chantilly ; décor en bleu au chiffre du duc d'Orléans. Au revers, la marque : *Villers-Cotterest*.

201 — Deux assiettes en ancienne porcelaine tendre de Chantilly, décor en camaïeu rouge et or : oiseaux et dragons de style chinois.

202 — Deux pots cylindriques avec couvercles en ancienne porcelaine tendre de Chantilly, décorés d'un écusson armorié, timbré d'une couronne de vicomte.

Collection Dupont-Auberville.

203 — Deux cache-pots cylindriques en ancienne porcelaine tendre de Chantilly : personnages de style chinois et gerbes de fleurs. Anses-lézards.

204 — Pot de toilette cylindrique avec couvercle en ancienne porcelaine tendre de Chantilly : personnages et fleurs de style chinois.

205 — Écuelle avec couvercle et plateau à décor de médaillons de fleurs et guirlandes de feuillages. Ancienne porcelaine dure de la manufacture de Vincennes, placée sous le patronage du duc d'Orléans.

206 — Deux vases en ancienne porcelaine dure, manufacture de Vincennes, sous le patronage du duc d'Orléans : réserves contenant des oiseaux, fond à œils-de-perdrix. Montures en bronze.

Haut., 45 cent.

207 — Deux vases à anses en ancienne porcelaine dure du commencement du XIXe siècle, panses décorées de rinceaux sur fond bleu : cols, anses, culots et pieds dorés.

Haut., 56 cent.

208 — Cabaret-solitaire en ancienne porcelaine de Vienne, à décor de sujets galants, avec ornements et fleurs dorés, comprenant un plateau, un pot avec couvercle, un sucrier et une tasse avec soucoupe.

209 — CABARET-SOLITAIRE en ancienne porcelaine de Berlin, médaillons à paysages : plateau, cafetière, théière, pot à lait, sucrier avec couvercles, tasse et soucoupe.

210 — PLATEAU de forme triangulaire avec deux burettes et un sucrier-coquille, en ancienne porcelaine de Berlin : décor de fleurs et rocailles.

211 — FLACON en ancienne porcelaine de Furstenberg : sujet galant en camaïeu rouge.

212 — DEUX VASES avec couvercles en ancienne porcelaine de Furstenberg, à décor de fruits, fleurs et oiseaux : fond rose.

213 — CABARET en ancienne porcelaine de Furstenberg, décor de personnages, animaux et fleurs : plateau, cafetière, théière, pot à lait, flacon à thé, sucrier avec couvercles, quatre tasses avec soucoupes.

214 — CABARET-SOLITAIRE en ancienne porcelaine de Frankenthal, à décor d'oiseaux de basse-cour : plateau, théière et sucrier avec couvercles, pot à lait, tasse et soucoupe.

215 — GARNITURE de cinq pièces en ancienne porcelaine de Frankenthal : paysages en camaïeu rose avec encadrements de rocailles.

216 — GROSSE THÉIÈRE avec couvercle en ancienne porcelaine de Frankenthal, à décor de scènes familiales. Déversoir décoré de rocailles en camaïeu rose.

217 — TÊTE-A-TÊTE en ancienne porcelaine de Frankenthal, à décor imitant la laque noire et or de style chinois : plateau, théière et sucrier avec couvercles, pot à lait, deux tasses avec soucoupes.

218 — SUCRIER oblong, avec couvercle et plateau en ancienne

porcelaine de Hoechst : décor de rocailles en bleu et de petits paysages en camaïeu rose. Anses-têtes d'oiseaux.

219 — SUCRIER oblong avec couvercle et plateau en ancienne porcelaine de Hoechst : décor de paysages en camaïeu rose et de rocailles rehaussées de bleu.

220 — LÉGUMIER ovale avec couvercle, en ancienne porcelaine de Hoechst à décor de paysages animés, dans des encadrements à rocailles.

221 — TASSE-TREMBLEUSE et son présentoir en ancienne porcelaine de Hoechst : médaillon, scène d'auberge en camaïeu rose : fond bleu caillouté d'or.

222 — FIGURINE en ancienne porcelaine de Hœchst : personnage debout, portant un ample manteau et dans l'attitude de la réflexion.

223 — POT A LAIT avec couvercle en ancienne porcelaine de Nymphenbourg, décoré de fleurs, de feuillages et de petits paysages en grisaille.

224 — CACHE-POT en ancienne porcelaine de Nymphenbourg, décor de gerbes de fleurs : anses ajourées.

225 — AIGUIÈRE ET BASSIN en ancienne porcelaine de Oude-Loosdrecht, décorés de bleuets avec guirlandes et mufles de lions.

226 — PETIT VASE-BALUSTRE en ancienne porcelaine de Oude-Loosdrecht : paysage animé en camaïeu brun, avec rocailles en bleu.

227 — CABARET-SOLITAIRE en ancienne porcelaine d'Amstel : composition de personnages sur fond vert semé de pois d'or. Plateau, théière et sucrier avec couvercles, pot à lait, tasse et soucoupe.

228 — Trois verrières de forme contournée en ancienne porcelaine tendre de Buen-Retiro, à décor de guirlandes de fleurs : anses à coquilles et mascarons ailés.

229 — Deux cache-pots en ancienne porcelaine de Derby, décor de guirlandes de fleurs.

230 — Assiette en ancienne terre de Boettger, décor doré, fond brun.

Haut., 22 cent.

231 — Cruche en ancienne faïence de Rouen : coquille, rocailles et fleurs, avec l'inscription : *Nicolas Gardin, 1759.*

232 — Deux assiettes en ancienne faïence de Moustiers, décor polychrome : personnages et oiseaux, avec armoiries timbrées d'une couronne de comte.

Vente Tollin.

233 — Soupière ronde en ancienne faïence de Marseille, à décor de fleurs : anses-branchages.

234 — Jardinière en ancienne faïence des Isl   es, à décor de compositions en grisaille, avec la marque : *Fabrique du Cit. Bernard aux Islettes.*

Vente Ploquin.

PORCELAINES DE CHINE

235 — Bouteille en ancienne porcelaine de Chine, époque Yung-Tching : médaillons à ornements verts et rosaces jaunes et rouges.

Haut., [illegible] cent.

236 — Potiche avec couvercle en ancienne porcelaine de Chine : scène familiale en camaïeu bleu.

Haut., [illegible] cent.

Vente Dereria.

237 — Vase-balustre en ancienne porcelaine de Chine, décoré de réserves à paysages sur fond dit chair de poule.

Haut., 26 cent.

238 — Petit vase-balustre en ancienne porcelaine de Chine fouettée bleu-clair.

239 — Petit vase à panse surbaissée, en ancienne porcelaine de Chine émaillée peau de pêche.

240 — Vase-balustre en ancienne porcelaine de Chine, décoré de deux zones à fond rouge de cuivre sur champ gris verdâtre.

Haut., 20 cent.

241 — Statuette en ancien blanc de Chine : le dieu de longévité debout, tenant la pêche, son symbole.

Haut., 35 cent.

242 — Petit vase en ancienne porcelaine de Chine émaillée sur biscuit, à décor de feuilles et rinceaux en vert sur fond jaune.

Vente Marquis.

243 — Deux grands oiseaux en ancienne porcelaine de Chine, à plumages multicolores, posés sur des troncs d'arbres.

Haut., 40 cent.

244 — Bouteille en ancienne porcelaine de Chine, dragon en bleu sur fond jaune-clair.

Haut., 38 cent.

245 — Deux cornets en ancienne porcelaine de Chine, décorés en bleu et rouge de cuivre, de dragons et de médaillons à personnages, se détachant sur fond dit peau de pêche.

Haut., 44 cent.

246 — Pitong hexagone ajouré, en ancienne porcelaine de Chine, à petits compartiments décorés en bleu.

247 — Assiette en ancienne porcelaine de Chine, fleurs en bleu et armoiries polychromes de style européen.

248 — Théière en forme de fruit, en ancienne porcelaine de Chine émaillée bleu aubergine; anse et déversoir en céladon bleu-turquoise.

249 — Deux chiens de Fô en ancienne porcelaine de Chine émaillée sur biscuit, se faisant face, l'un accompagné d'un petit chien de Fô, l'autre, la patte gauche appuyée sur une sphère. Base oblongue à paysages et quadrillés. Époque Kang-Chi.

Haut., [illegible] cent.

250 — Grand vase forme gourde, en ancienne porcelaine de Chine, décoré, sur fond rouge, de dragons et de rinceaux fleuris émaillés bleu.

Haut., [illegible] cent.

251 — Gros vase en ancienne porcelaine de Chine, décoré en rouge de cuivre et bleu : réserves contenant des paysages et se détachant sur un fond carrelé semé de fleurs. Anses-papillons. Socle en bois sculpté.

Haut., [illegible] cent.

252 — Vase en ancienne porcelaine de Chine, orné de deux zones d'ornements en bleu sur fond bleu-empois.

Haut., [illegible] cent.

253 — Bouteille piriforme, en ancienne porcelaine de Chine émaillée rouge foie de mulet.

Haut., [illegible] cent.

254 — Vase en ancienne porcelaine de Chine, décor en camaïeu bleu : personnages et arbustes sur fond craquelé.

255 — Bouteille à panse surbaissée en ancienne porcelaine de Chine, décorée de dragons dans les flammes en bleu et rouge de cuivre sur fond simulant le bronze.

256 — Cornet décoré de dragons en vert sur fond noir. Ancienne porcelaine de Chine.

Haut., 46 cent.

257 — Vase-rouleau en ancienne porcelaine de Chine, décor bleu : scène familiale : animaux chimériques sur le col.

258 — Vase en ancien céladon gris jaunâtre craquelé de la Chine.

Haut., 41 cent.

259 — Vase-balustre en ancien céladon gris verdâtre, gravé, sous couverte, à fleurs. Chine.

260 — Deux vases en ancienne porcelaine de Chine, décor bleu : mandarin accompagné de plusieurs personnages.

261 — Assiette en ancienne porcelaine de Chine, coquille d'œuf : fong-hoang au milieu de fleurs : triple bordure carrelée.

262 — Vase en ancienne porcelaine de Chine, famille verte, bordures en couleurs variées, décor représentant les huit Immortels.

Haut., 52 cent.

Collection Beurdeley.

263 — Vase en ancienne porcelaine de Chine, famille verte, décoré d'une scène familiale : bande carrelée verte à l'épaulement.

Haut., 23 cent.

264 — Deux vases en ancienne porcelaine de Chine, famille verte, décorés de réserves contenant des animaux chimériques et des fleurs, reliés par des dragons et des rinceaux.

Haut., 42 cent.

265 — Vase-rouleau en ancienne porcelaine de Chine, famille verte, décoré de personnages se détachant sur un fond bleu fouetté chargé de rinceaux d'or.

Haut., 44 cent.

266 — Sucrier rond avec couvercle en ancienne porcelaine de Chine, famille verte, à décor de branches fleuries et insectes.

267 — Deux vases en ancienne porcelaine de Chine, famille verte, présentant chacun une nombreuse assemblée de personnages assis à trois tables et devant lesquels défile un cortège ; paysage au col.

Haut., 47 cent.

268 — Deux grosses potiches avec couvercles en ancienne porcelaine de Chine, famille verte, présentant chacune un cortège de cavaliers revenant de la chasse : jeux d'enfants sur les couvercles.

Haut., [illegible] cent.

269 — Grand vase-rouleau en ancienne porcelaine de Chine, famille verte : apparition d'une divinité à un groupe de personnages qui lui font des offrandes. Sur le col, trois autres personnages.

Haut., 77 cent.

270 — Jardinière en ancienne porcelaine de Chine, famille verte, décorée de chiens de Fô.

Vente Marquis.

271 — Cornet en ancienne porcelaine de Chine, famille verte, décoré de dragons dans les flammes.

Haut., [illegible] cent.

272 — Cornet en ancienne porcelaine de Chine, famille verte, décoré sur la panse et le col de deux scènes familiales.

Haut., [illegible] cent.

273 — Vase-rouleau en ancienne porcelaine de Chine, famille verte, décoré de fong-hoangs voltigeant au milieu de rinceaux fleuris. Zones d'ornements au col.

Haut., [illegible] cent.

274 — Coupe avec couvercle en ancienne porcelaine de Chine, famille verte, décorée de dragons impériaux.

275 — Vase en ancienne porcelaine de Chine, famille rose, décoré de deux compartiments à paysages sur fond simulant les flots et orné de dragons. Époque Kien-Lung.

276 — Vase-balustre en ancienne porcelaine de Chine, famille rose, décoré de réserves, vases de fleurs et rinceaux dans des zones à fond bleu, rose, jaune et noir. Anses à têtes chimériques.

Haut., 33 cent.

277 — Deux coupes en ancienne porcelaine de Chine, famille rose, à fond doré chargé de rinceaux, fruits et oiseaux.

Vente Marquis.

278 — Jardinière en ancienne porcelaine de Chine, famille rose, décorée sur fond rose de réserves contenant des ustensiles.

Vente Marquis.

279 — Grand vase-applique en ancienne porcelaine de Chine, famille rose, décoré d'une longue inscription se détachant sur un fond jaune-orangé, quadrillé de rouge et jonché de fleurs et plantes aquatiques. Base simulant un support en laque. Époque Kien-Lung.

Haut., 52 cent.

280 — Théière avec couvercle en ancienne porcelaine de Chine, famille rose ; anse et déversoir en forme de chien de Fô ; rosaces ajourées sur la panse et sur le couvercle.

Vente Marquis.

281 — Petit vase-balustre aplati, en ancienne porcelaine de Chine, famille verte, décoré de personnages avec ustensiles sur les côtés.

Haut., 17 cent.

282 — Vase en ancienne porcelaine de Chine, famille rose, décoré d'un arbuste en fleurs sur lequel sont perchés deux oiseaux. Fond marbré bleu-turquoise.

Haut., 50 cent.

283 — PHONG en ancienne porcelaine de Chine, famille rose; femme et chien de Fô sur fond rouge-corail.

284 — BOUTEILLE en ancienne porcelaine de Chine, famille rose, époque Kien-Lung, fleurs.

Haut., 40 cent.

285 — VASE en ancienne porcelaine de Chine, famille rose, paysage : col à décor de rinceaux sur fond manganèse. Époque Kien-Lung.

Haut., 27 cent.

Vente Marquis.

286 — PETIT VASE surbaissé en ancienne porcelaine de Chine. Époque Kien-Lung : médaillons et rinceaux.

287 — PLAT creux en ancienne porcelaine de Chine, époque Kien-Lung : dragons impériaux en camaïeu bleu sur fond bleu simulant des flammes.

288 — BOL avec couvercle et sur petit pied en ancienne porcelaine de Chine, époque Kien-Lung, dragons impériaux en rouge de fer.

289 — ORNEMENT DE PAGODE en ancienne porcelaine de Chine, époque Kien-Lung : rinceaux en bleu.

290 — BOL en ancienne porcelaine de Chine, nien-hao de Tching-Hoa, présentant les huit immortels.

291 — PORTE-BOUQUET en ancienne porcelaine de Chine, époque Kien-Lung, formé de deux poissons accouplés, émaillés rouge.

292 — VASE-BALUSTRE à deux anses en ancien céladon gris verdâtre de la Chine, gaufré sous couverte à motifs irréguliers et feuillages. Époque Kien-Lung.

Haut., 74 cent.

293 — Vase-balustre en ancienne porcelaine de Chine, époque Kien-Lung, décor dit aux cent chevreuils. Anses à têtes d'éléphants.

Haut., 43 cent.

294 — Grande gourde à panse lenticulaire en ancienne porcelaine de Chine, décorée d'un motif rayonnant, gaufré, sous couverte gris-verdâtre. Base et col à rinceaux bleus. Époque Kien-Lung.

Haut., 50 cent.

295 — Bouteille en ancienne porcelaine de Chine, époque Kien-Lung; dragon impérial au milieu des flammes, sur fond jaune.

296 — Bouteille en ancienne porcelaine de Chine, époque Kien-Lung, ornée du dragon impérial sur fond blanc.

297 — Vase à goulot étroit en ancienne porcelaine de Chine, époque Kien-Lung, orné du dragon impérial au milieu des fleurs sur fond jaune.

Haut., 33 cent.

298 — Petit pitong ajouré, en ancienne porcelaine de Chine, famille rose, époque Kien-Lung, décoré de médaillons à paysages.

299 — Deux bols avec couvercles, en ancienne porcelaine de Chine, époque Kien-Lung, décor de démons et de personnages sur les flots, en léger relief. Socles ajourés en bois.

300 — Vase quadrilatéral, jaspé bleu et violet, à décor en relief simulant des ferrures. Ancienne porcelaine de Chine. Époque Kien-Lung.

Haut., 38 cent.

301 — Jardinière en ancienne porcelaine de Chine, décorée d'un personnage monté sur un tigre. Émaux bleus et rouge de cuivre. Époque Kien-Lung.

302 — Grosse bouteille en ancienne porcelaine de Chine, décorée sur un fond gris verdâtre, imitant les flammes, de nombreux chiens de Fô émaillés bleu. Époque Kien-Lung.

Haut., 70 cent.

303 — Vase en forme de tronc d'arbre présentant des groupes de personnages en bas-relief sur fond gris verdâtre. Porcelaine de Chine. Époque Kia-King.

304 — Deux coupes honorifiques avec couvercles et sur pieds cylindriques en porcelaine de Chine, époque Kia-King, décorées sur fond jaune-clair de dragons dans les flammes.

305 — Vase-rouleau, en porcelaine de Chine, décoré d'un géant à qui des personnages apportent des offrandes. Époque Kia-King.

306 — Deux potiches avec couvercles en ancienne porcelaine de la Compagnie des Indes, décorées de grandes réserves à personnages et paysages sur fond bleu semé de feuilles et de petits disques réservés en blanc. Bases en bronze de *Dasson*.

www.ingramcontent.com/pod-product-compliance
Ingram Content Group UK Ltd.
Pitfield, Milton Keynes, MK11 3LW, UK
UKHW021959260726
13994UKWH00004B/1842